안녕!

우린 카로, 그리고 클라로 클리커야.
우리랑 제일 친한 친구는 윤활유 마시는 걸 진짜 좋아해.
이 친구의 이름은 톰 터보, 세상에서 가장 멋진 자전거야.
우리가 톰 터보를 구상하고 만들었지.
따라와!

나는 클라로야.
원래 이름은 콘스탄틴 클리커지.
낡은 기구들을 분해해서 내가 직접
생각해 낸, 새 기구 만드는 것을 좋아해.
톰을 만드는 데 공이 더 커서
탐정단의 대장이 되었지!
내 꿈은 아침에 이를 닦아 주고 옷도
입혀 주는 기계를 만드는 거야.
내가 제일 좋아하는
음식은 스테이크야.

클라로

나는 카롤리네 클리커야.

1분 먼저 태어난, 클라로의 쌍둥이 누나지.

모두들 나를 '카로'라고 불러.

탐정단의 부대장을

맡고 있어.

난 춤추는 걸 좋아하고,

서커스 학원에 다니고,

그림 그리기를 좋아하고,

작은 책도 직접 만들어.

제일 좋아하는 건 초콜릿

아이스크림을 얹은 과일 샐러드야.

카로

우리랑 같이
사건을 해결하자!

출발해 볼까?

슈퍼 자전거 톰 터보

톰은 태양 전지를 충전해 주는 햇빛,

그리고 윤활유를 좋아해.

물은 싫어하지. 합선이 되기 때문이야.

누군가 톰을 멍텅구리 자전거라고 부른다면

그 사람은 곤란해질 거야!

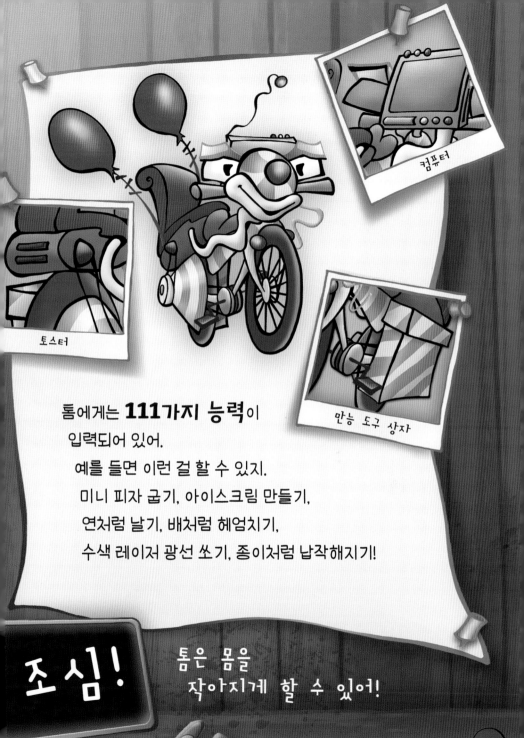

토스터

컴퓨터

만능 도구 상자

톰에게는 **111가지 능력**이
입력되어 있어.
예를 들면 이런 걸 할 수 있지.
미니 피자 굽기, 아이스크림 만들기,
연처럼 날기, 배처럼 헤엄치기,
수색 레이저 광선 쏘기, 종이처럼 납작해지기!

조심!

톰은 몸을
작아지게 할 수 있어!

톰 터보와 천둥 사원의 파란 바나나

1판 1쇄 인쇄 | 2024. 11. 27.
1판 1쇄 발행 | 2024. 12. 17.

토마스 브레치나 글 | 기니 노이뮐러 그림 | 전은경 옮김

발행처 김영사 | **발행인** 박강휘
편집 박양인 | **디자인** 김민혜 | **마케팅** 이철주 | **홍보** 조은우, 육소연
등록번호 제 406-2003-036호 | **등록일자** 1979. 5. 17.
주소 경기도 파주시 문발로 197(우 10881)
전화 마케팅부 031-955-3100 | 편집부 031-955-3113-20 | 팩스 031-955-3111

값은 표지에 있습니다.
ISBN 979-11-94330-73-8 73850

좋은 독자가 좋은 책을 만듭니다. 김영사는 독자 여러분의 의견에 항상 귀 기울이고 있습니다.
전자우편 book@gimmyoung.com | 홈페이지 www.gimmyoungjr.com

|어린이제품 안전특별법에 의한 표시사항| 제품명 도서 제조년월일 2024년 12월 17일
제조사명 김영사 주소 10881 경기도 파주시 문발로 197 전화번호 031-955-3100 제조국명 대한민국
사용 연령 8세 이상 ⚠주의 책 모서리에 찍히거나 책장에 베이지 않게 조심하세요.

슈퍼 자전거 톰 터보와 천둥 사원의 파란 바나나

토마스 브레치나 글

기니 노이뮐러 그림 | 전은경 옮김

주니어김영사

소름 끼치는 계획

밤 열두 시, 원시림에 사는 동물들 대부분이 이미 잠든 시간. 가끔씩 사자가 으르렁거리고, 코끼리가 코로 나팔을 불고, 코뿔소가 씩씩거리며 숨을 크게 몰아쉬었어.

야영장은 강가 빈터에 있었어. 야생 동물이 접근하지 못하도록, 열세 개의 텐트 주위로 높은 철조망을 둘러쳤지. '사파리에서 사진 찍기' 행사 참가자들은 그 텐트 안에서 자고 있었어. 다들 동물 사진을 찍으려고 원시림에서 사흘째 돌아다니는 중이었어.

탐정단의 대장 클라로, 부대장 카로도 부모님과 행사에 참가했지. 물론 두 아이는 슈퍼 자전거 톰 터보도 데려왔어. 톰 터보가 몸이 아주 작아지는 특수한 기술을 개발했거든. 바로 '9번 기술'이었지. 그 덕분에 톰 터보는 클라로의 가죽 배낭에 들어갈 수 있었어.

이날 밤, 톰 터보는 카로와 클라로가 누운 에어 매트리스 사이에 서 있었어. 남매의 피를 빨아 먹으려는 굶주린 모기들을 긴 안테나로 쫓으면서 말이야.

불현듯 아주 수상한 소리가 들려왔어. 긁고 문지르는 소리였어. 발톱 같은 것이 텐트 바깥쪽을 스치자, 컴퓨터가 경보음을 울렸지. 혹시 배고픈 사자가 야영장에 들어온 걸까? 친구들을 잡아먹으려고?

그때 불빛이 번쩍하더니 커다란 그림자 두 개가 텐트 앞에 나타났어.

"빨리 오라고. 시간이 얼마 없어!"

두 그림자 중 하나가 소곤거렸어.

톰 터보는 어떤 상황인지 바로 알아챘지. 맹수가 아니라 수상한 사람들이었던 거야. 이 사람들은 왜 한밤중에 텐트 앞을 지나갈까?

자그마한 톰이, 깊이 잠든 카로에게 다가가 나지막하게 귀에 경적을 울렸어.

"일어나 봐, 부대장. 급한 일이야!"

그러고는 클라로를 깨웠지.

"대장, 일이 생겼어!"

피곤했던 남매는 잠에 취한 채 눈을 비비다, 텐트에 비치는 그림자를 보고 깜짝 놀랐어. 저건 누굴까?

그때 아주 낮고 쉰 듯한 목소리가 들려왔어.

"오늘 밤 천둥 사원에서 파란 바나나를 훔치자!"

날카롭고 높은 목소리가 그 말을 받았지.

"파란 바나나는 모든 원숭이를 자석처럼 끌어당기니까 그 원숭이들을 잡아서 팔아 버리자고."

"원숭이를 잡아다 주면 프랑켄클라인 박사가 돈을 줄 거야. 실험에 쓸 동물이 필요하다고 했잖아."

먼젓번에 들린 목소리였어.

"어떤 실험인데?"

두 번째 목소리가 물었지.

"프랑켄클라인 박사는 화장품을 만들 때 원숭이한테 먼저 실험을 한대. 테스트용 크림을 바른 원숭이들은 털이 다 빠지거나 가려움증을 일으키는 가루를 뒤집어쓴 것처럼 막 가렵다는 거야. 아니면 끔찍하게 화끈거리는 붉은 반점이 생기기도 하고. 이런 증상이 나타나면 불량품이란 걸 알게 되는 거지."

둘은 킥킥거리고 웃다가 말했어.

"10분 후에 천둥 사원으로 출발하자."

쫓아가자!

톰 터보는 화가 잔뜩 났지. 안테나 끝에 달린 빨간 무선 구슬이 **파르르** 떨렸어. 카로도 잠이 번쩍 깼어.

"동물을 괴롭히는 사기꾼들이잖아!"

카로가 화를 냈어.

"불쌍한 원숭이를 도와주러 가자."

동생 클라로는 잠이 덜 깬 상태라 툴툴거렸어.

"누나, 우리가 어떻게 돕는단 말이야?"

카로에게 좋은 아이디어가 떠올랐지.

"뒤를 밟자. 거기에서 파란 바나나를 가로채는 거야."

클라로는 하품을 하고 기지개를 켰어.

"하지만 그러려면 숲을 지나야 하잖아. 맹수랑 뱀을 생각해 봐. 정글에는 수천 가지 위험이 도사리고 있어!"

카로는 비웃듯 입술을 비죽였지.

"겁쟁이. 바지에 오줌이라도 쌀 것 같으면 그냥 여기 있어."

클라로는 그 말이 듣기 싫어 벌떡 일어났어.

"웃기지 마, 누나보단 용감하다고! 톰 터보도 옆에 있고!"

세상에서 가장 멋진 자전거는 조명을 다 켜고 깜박거렸어.
'대장, 부대장. 당연히 너희를 지킬 거야!'라는 의미였지.

남매는 서둘러 옷을 입고 텐트를 슬그머니 빠져나왔어. 밖에서 둘을 기다리고 있던 톰 터보가 클라로에게 말했지.

"대장, 옆으로 비켜 봐."

길고 높은 소리가 울려 퍼지더니 톰 터보가 다시 원래 크기로 돌아왔어. 카로와 클라로에게 올라타도 된다고 알려 주는 '퐁' 소리가 나지막하게 울렸지.

머지 않은 곳에서 격자문이 삐걱거리는 소리가 들려왔어.

"사기꾼들이 도망치는데. 얼른 따라가자!"

카로가 소곤거리며 페달을 밟았어.

"잠깐! 부모님을 깨워서 설명하고 가야 하지 않을까?"

불안해진 클라로가 물었어.

"그럴 시간이 없어."

카로가 숨을 헉헉거리며 대답했어.

"저 사람들을 놓치면 안 된단 말이야!"

말하는 사이에 세 친구도 격자문 앞에 도착했어. 톰은 강력

한 터보 자석으로 문을 당겨 열고 원시림으로 나아갔어. 약

30걸음 갔을까, 반딧불이처럼 노란 불빛 하나가 어두운 밤을 뚫고 통통 튀어 가고 있었지.

"손전등 불빛이야. 자, 톰 터보. 저 사람들 뒤를 쫓아가자."

카로가 속삭였어.

슈퍼 자전거는 시끄러운 소리를 내지 않으려고 '살금살금 움직이기' 터보 기어를 켰지. 어둠 속에서 움직이는 카로, 클라로, 톰은 두 사람이 이미 눈치챘다는 사실을 몰랐어. 사기꾼들은 세 친구가 잘 따라오는지 확인하려고 계속 뒤돌아보기까지 했지.

사방이 어둑어둑한 가운데, 땅딸막한 두 형체는 원시림으로 깊이, 점점 더 깊이 들어갔어. 길고 날카로운 정글도로 수풀을 헤치고 길을 내며 나아갔지.

톰 터보는 최소한 30걸음 간격을 두고 그들을 쫓았어. 카로와 클라로가 막 지나간 덤불 뒤쪽에서 이따금 울부짖는 소리가 들리기도 했지. 그럴 때면 남매는 깜짝 놀랐고, 톰 터보는 매번 같은 말로 아이들을 안심시켰어.

"대장, 부대장. 걱정하지 마. 내가 야생 동물을 놀라게 할

속임수를 설치해 뒀으니까!"

　속임수는 이랬어. 수상한 으르렁거림, 꿀꿀거림, 울부짖음이 들려오기만 하면 톰은 핸들을 곧장 그쪽으로 돌렸지.

　톰의 비디오 눈은 엄청나게 크고 섬뜩한 맹수의 눈으로 변해서 **번쩍번쩍** 위협적으로 빛났어. 게다가 동물들이 꼬리를 말고 도망칠 만큼 더 무시무시하게 으르렁거리고 꿀꿀거리고 울부짖는 소리를 냈어.

　한 시간 이상 달리자 두툼한 나무들 사이로 불빛이 보였어. 톰은 망원경처럼 작동하는 터보 전조등을 켰지. 톰 터보의 컴퓨터 모니터에 잿빛 돌로 만들어진 비밀스러운 대형 사원이 나타났어. 카로와 클라로는 굵은 돌 팔로 엄청나게 큰 바위를 머리 위로 들어 올린, 거대한 원숭이 조각상을 보았지. 두 개의 원숭이상 발 쪽에 놓인 둥근 금속제 그릇에서 검붉은 불길이 타오르며 사원을 비추었어.

　"여기가…… 천둥 사원이야?"

　클라로가 물었어.

　"대장, 안타깝지만 대답해 줄 수 없어. 내 컴퓨터에는 이 사원의 정보가 없어서 말이야!"

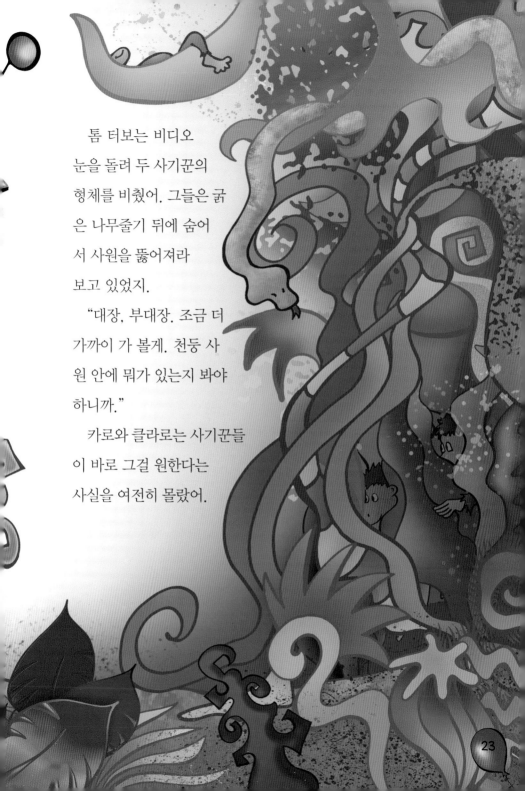

톰 터보는 비디오
눈을 돌려 두 사기꾼의
형체를 비췄어. 그들은 굵
은 나무줄기 뒤에 숨어
서 사원을 뚫어져라
보고 있었지.

"대장, 부대장. 조금 더
가까이 가 볼게. 천둥 사
원 안에 뭐가 있는지 봐야
하니까."

카로와 클라로는 사기꾼들
이 바로 그걸 원한다는
사실을 여전히 몰랐어.

파란 바나나

톰 터보는 길을 빙 돌아 두 사기꾼 뒤에 가서 멈춰 섰어. 터보 전조등으로 비추니 사원 안이 아주 잘 보였지. 톰은 컴퓨터 모니터로 이 모습을 친구들에게도 보여 줬어.

천둥 사원 가운데에 놓인 커다란 침팬지 조각상은 반짝이는 **파란** 바나나를 손에 든 채 다리를 쭈그리고 앉아 있었어.

"대장, 부대장. 내 컴퓨터가 파란 바나나를 조사했어. 귀한 보석으로 만들어졌고 수십 억의 값어치가 있대."

카로는 초조해서 손톱을 물어뜯었어.

"파란 바나나로 원숭이를 유인해서 잡는 일이 벌어져서는 안 돼! 우리가 동물 사기꾼을 속여서 바나나를 코앞에서 낚아채자."

클라로가 집게손가락을 입술에 댔어.

"쉿! 두 사람이 이야기를 나누는 것 같아. 그런데 잘 들리지 않아."

톰 터보는 도청용 귀를 꺼냈어. 1킬로미터 떨어진 곳에서 벼룩이 기침하는 소리까지도 들을 수 있는 장치지. 곧이어 톰의 라디오에서 사기꾼들의 날카롭고 쉰 목소리가 또렷하게 들려왔어.

"이제 사원으로 조용히 다가가서 바나나를 훔치자."

낮은 목소리가 말했어.

"그 전에 럼주를 한 모금 마셔야겠어! 잠깐 기다려."

날카로운 목소리가 잔소리했지.

"술주정뱅이 같으니라고!"

카로는 코를 찡그리며 중얼거렸어.

"지금이 파란 바나나를 가져올 수 있는 적기야. 손에 넣으면 바로 야영장으로 돌아가자. 그곳은 안전해. 행사 참가자들이 보는 앞에서 사기꾼들은 우리한테 절대로 나쁜 짓을 하지 못할 테니까."

클라로가 머뭇거렸어.

"그런데 누나, 저 사람들 좀 자세히 봐. 뭔가 이상해⋯⋯. 안 그래? 진짜 사람 같지가 않다니까!"

"너 겁쟁이구나!"

카로가 비웃었어.

"겁이 나서 제대로 못 봤을 거야. 톰, 가자. 시간이 없어!"

"대장, 부대장. 꼭 잡아! 높이 뛰어오르려면 터보 고속 기어를 넣어서 빨리 달려야 하거든."

슈퍼 자전거가 말했어.

남매가 꼭 잡자 톰은 재빠르게 출발했지. 바퀴 밑에서 나뭇가지들이 부러지고, 앵무새 몇 마리가 비명을 지르며 도망쳤어. 두 사기꾼이 깜짝 놀라며 벌떡 일어났어.

"살려줘……! 괴물이야!"

고함치면서 겁에 질려 옆으로 비켰지.

"터보 멀리뛰기!"

톰이 예고한 대로 곧장 **날아올랐어.** 사기꾼들의 머리 위를 날아 천둥 사원이 있는 빈터로 향했지. 그리고는 바윗덩이를 높이 들고 있는 원숭이 조각상 사이에, 고무바퀴로 부드럽게 착지했어.

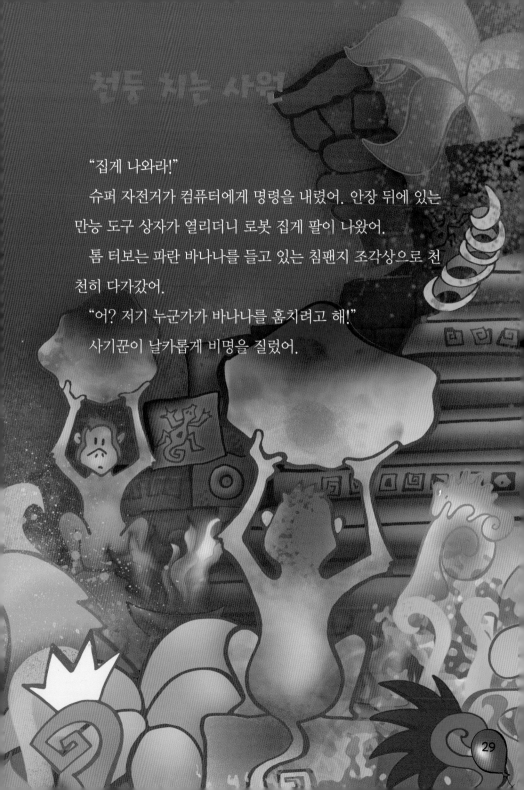

천둥 치는 사원

"집게 나와라!"

슈퍼 자전거가 컴퓨터에게 명령을 내렸어. 안장 뒤에 있는 만능 도구 상자가 열리더니 로봇 집게 팔이 나왔어.

톰 터보는 파란 바나나를 들고 있는 침팬지 조각상으로 천천히 다가갔어.

"어? 저기 누군가가 바나나를 훔치려고 해!"

사기꾼이 날카롭게 비명을 질렀어.

"절대 안 되지!"

다른 한 명이 낮은 목소리로 으르렁거리자 카로가 외쳤어.

"톰, 서둘러! 바나나를 빨리 낚아채서 도망가자!"

경고!

갑자기 톰 터보의 컴퓨터 모니터에 **새빨갛게** 알람이 번쩍였지. 센서가 뭔가 감지한 거야.

"얼른! 사기꾼들이 우리를 앞지르겠어!"

카로가 초조해서 고함을 질렀어. 그런데도 톰은 계속해서 망설이고 있었지. 카로는 페달을 세게 밟아서 곧장 거대한 침팬지 조각상으로 향했어.

"톰, 파란 바나나를 잡아!"

하지만 슈퍼 자전거는 카로의 말에 따르지 않았어.

"부대장, 위험해서 그래……."

자전거가 말을 꺼내자, 카로가 화내며 펄펄 뛰었어.

"톰, 너도 클라로처럼 겁쟁이구나!"

카로는 안장에서 몸을 일으켜 반짝이는 파란 바나나를 향해 팔을 뻗었어. 곧이어 바나나를 움켜쥐었지.

30

"내가 손에 넣었어! 손에 넣었다고! 이제 얼른
도망가자!"

　하지만 사원에서 벗어날 수 없었어. 카로가 파란
바나나를 손에 넣자마자 사원 전체가 진동하며 흔들
리기 시작했거든. 둔중한 천둥이 울렸어. 두 원숭이상
손에 놓인 거대한 바윗덩이가 위험할 정도로 세게 흔들렸
어. 금방이라도 떨어져 사원에 부딪칠 것 같았지.

카로와 클라로는 겁이
나서 고개를 움츠러
뜨렸어. 우리가 여기
서 도대체 무슨 짓을
한 거야?

"얼른 출발해!"

카로가 소리쳤어. 하지만 톰 터보는 땅바닥에 붙어 버린 듯
꼼짝도 하지 않았지. 원숭이 석상 사이에서 검은 피부의 파수
꾼들이 나타났거든.

그들은 동물 가죽으로 만든 치마를 두르고 깃털 머리 장식
으로 치장하곤, 톰 터보 탐정단의 앞길을 가로막았지.

얼굴은 **화려한 색으로** 화장했지만, 표정은 험악하고 화
가 난 듯 보였어. 카로와 클라로는 놀라서 비명을 질렀지.

하지만 그게 다가 아니었어. 카로에게 파란 바나나를 빼앗긴 거대한 침팬지 조각상 앞으로, 사원의 바닥이 갈라지고 있었어. 연기가 솟아오르더니, 하얀 안개 속에서 누군가가 나타났지.

악화

그 정체는 얼굴에 흰색, 검은색 줄무늬를 그린 삐쩍 마른 남자였어. 금색 장식으로 가득한 긴 옷을 입고 있었지. 어깨에 걸친 줄무늬 망토는 꼭 저절로 움직이는 것처럼 보였어. 자세히 들여다본 카로와 클라로는 이 망토가 구불구불 몸을 비트는 뱀들이라는 사실을 알게 되었지. 남자는 가느다란 뱀 한 마리에게 뭐라고 속삭였어. 뱀도 그의 말을 알아듣고 복종하는 것 같았어. 뱀은 화살처럼 재빠르게 바닥을 기어와 자전거를 휘감고 올라오더니, 카로의 팔을 감아 꼼짝하지 못하게 만들었지. 카로는 비명을 질렀지만 아무 소용이 없었어.

그때 카로와 클라로의 머리 위에서 느닷없이 고함 소리가 들려왔어. 사원 위를 쳐다보니, 긴 줄을 타고 날아오는 통통한 털북숭이 원숭이가 눈에 들어왔지.

원숭이는 세상에서 가장 멋진 자전거를 향해 똑바로 날아오더니, 주름진 팔을 내밀어 파란 바나나를 가로챘어. 그러고는 약탈품을 든 채 자기만큼이나 통통한 다른 원숭이가 기다리는 사원의 반대편으로 다시 날아갔지.

"귀찮은 일을 대신해 줘서 고맙다,
멍청한 꼬마들아!"
　바나나를 훔친 원숭이가 고함질렀어.
"이 목소리! 그 사기꾼이야!"
　클라로가 숨을 헐떡이며 말했어.

"저 원숭이들이 왜 어색해 보이는지 이제야 알겠네. 사기꾼들이 원숭이 의상을 입고 우리를 속인 거라고!"

그들은 순식간에 어둠 속으로 사라졌어. 파수꾼들이 곧장 위협적인 노래를 부르기 시작하자, 뱀 망토를 걸친 남자가 그들에게 조용히 하라는 신호를 보냈지.

"우…… 우린 억울해요!"

카로와 클라로가 해명했지만, 남자는 그 말을 알아듣지 못했어.

남자는 톰 터보 주위를 세 번 돌면서 주문을
외우는 듯한 동작을 했어. 그러고는 톰 앞에 팔을 벌린 채
버티고 서서, 세 친구가 알아듣지 못하는 말을 큰 목소리로
외치기 시작했어. 슈퍼 컴퓨터가 최대치로 작동했지. 톰에게
는 낯선 언어를 통역하는 프로그램이 많았어. 과연 톰의 컴
퓨터는 이 사람의 말도 통역할 수 있을까?

"대장, 다행이야! 이 사람이 무슨 말을 하는지 알겠어."

톰이 말했지.

"이 남자는 천둥 사원과 파란 바나나의 수호자래. 파란 바나나는 원시림 주민들에게 행운을 가져다주는 귀한 보물이래. 파란 바나나가 이 사원에 보관되는 한, 주민들은 위험에서 보호를 받고 언제나 충분한 식량을 얻을 수 있다는 거야."

"톰. 정말 죄송하다고, 하지만 우리도 어쩔 수 없었다고 전해 줘. 사기꾼들이 우리가 대신 파란 바나나를 가져오게 하려고 일부러 이야기를 흘린 거라고 말이야."

카로가 말했어.

톰이 통역하자 사원의 수호자가 고개를 끄덕였어. 수호자가 이야기를 이어가는 동안 슈퍼 자전거는 긴 안테나를 점점 더 세게 **흔들었지**. 끔찍한 말을 듣고 있다는 신호였어.

볼모로 잡힌 카로

"톰, 무슨 일이야?"

남매가 물었어.

"대장, 부대장. 수호자는 우리가 이곳에 침입해 화가 났어. 다른 도둑이 있다는 이야기도 못 믿겠대. 하지만 우리 말이 사실이라는 걸 증명할 기회를 주겠다고 하네."

카로와 클라로는 말문이 막혔어.

"부대장은 여기 천둥 사원에 남아 커다란 원숭이상 아래에 앉아 있어. 대장 이랑 내가 파란 바나나를 가지고 돌아올 때까지 이곳에서 기다 리면 돼."

카로는 침을 꿀꺽 삼키고 떨리는 목소리로 물었어.

"왜…… 왜 하필 내가 여기 남아야 해?"

"수호자가 딱 하루만 기다리겠대. 저녁에 해가 져도 우리가 돌아오지 않으면 사원은 더 요란하게 흔들릴 거고, 그러면…… 그…… 그러면……."

"그러면 뭐?"

클라로가 재촉했어.

"빨리 말해. 혹시 합선이라도 된 거야?"

톰 터보는 진공청소기 입을 열어 힘겹게 말했어.

"원숭이 석상에서 바윗덩이가 떨어져서 부대장을…… 깔아뭉갤 거래!"

위를 올려다본 카로는 놀라서 아무 말도 하지 못했어. 뱀 망토를 입은 수호자가 자기 말을 증명이라도 하듯 팔을 들어 올리니 사원은 곧 더 심하게 흔들렸고, 바윗덩이도 석상 손에서 거의 굴러떨어질 것 같았지.

"다…… 다 내 잘못이야, 클라로. 네 말을 무시하고 비웃었던 날 용서해 줘!"

카로가 흐느껴 울자, 클라로가 누나의 머리를 쓰다듬으며 더듬더듬 말했지.

"누나, 톰이랑 내가 파란 바나나를 꼭 가지고 올게. 우릴 믿어. 톰, 당장 출발하자!"

　파수꾼들은 뱀에게 팔목이 묶여 있는 카로를 자전거 안장에서 내려, 석상 아래에 앉혔어. 금빛 옷을 입은 수호자는 클라로에게 얼른 가라고 신호를 보냈지. 파수꾼들은 기적의 자전거가 굴러서 나갈 수 있게 길을 넓혀 주었어.

　"톰, 가자. 사기꾼들을 찾아야 해!"

　클라로가 크게 소리치며 페달을 밟았어. 톰 터보는 속도를 내어 털북숭이 원숭이들을 뒤쫓기 시작했지.

단서 찾기

톰 터보는 조명등을 켜서 원시림을 밝혔어. 핸들에서 양철 접시 여러 개가 펼쳐져 쉴 새 없이 원을 그리며 돌았지. 이 접시는 사기꾼들의 흔적을 찾는 역할을 해. 접시가 내보낸 탐색 광선이 덤불, 나무, 땅바닥을 샅샅이 더듬으며 흔적을 찾았지. 작은 나뭇가지가 꺾여 있나? 부드러운 바닥에 발자국이 찍혀 있나? 혹시 나무에 머리카락이나 작은 천 조각이 걸리지는 않았나?

톰 터보와 클라로는 천천히 나아갔어.

"대장, 더 빨리 달릴 수 없을 것 같아."

슈퍼 자전거가 툴툴거렸지.

"첫째, 배터리가 꽤 닳았어. 둘째, 빨리 달리면 흔적을 놓쳐 잘못된 방향으로 가게 될 거야."

얼마 지나지 않아 태양이 두 친구를 도와줬어. 해가 **새빨**
갛게 타오르는 공처럼 나무 꼭대기 위로 솟아올라 주위를 밝
혔어. 하지만 밝아지기만 한 건 아니야. 몹시 더웠지. 클라로
는 땀을 많이 흘렸고 몹시 목말랐어.

"만능 도구 상자를 열어 봐. 물병이 있을 거야."

톰 터보가 말했어. 하지만 클라로는 물병에 물이 몇 방울밖
에 없다는 사실을 확인하고서 무척 실망했지. 남매가 흥분한
나머지 깜박 잊고 물을 채우지 않았던 거야.

"계속 가, 톰! 더 빨리!"

클라로는 입안이 말라붙어 쉰 목소리로 말했어.

"누나를 구해야 해!"

멀리서 쏴쏴 거친 물소리가 들려왔어.

"대장, 근처에 폭포가 있나 봐!"

톰 터보가 보고했지.

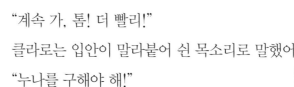

그리고는 갑자기 깜짝 놀라는 일이 없도록 그리고 언제든지 멈출 수 있도록 속도를 줄였어.

얼마 지나지 않아 나무들 사이로 넓은 강이 나타났어. 폭포는 거품을 일으키며, 천둥 치듯 깊은 계곡으로 쏟아져 내렸어. 톰 터보는 브레이크를 밟고 핸들을 사방으로 돌렸지. 양철 접시로 정신없이 주변을 살폈지만 더는 사기꾼들의 흔적을 찾을 수 없었어. 실망한 톰이 접시를 집어넣었지.

"이제 어떻게 해?"

클라로가 실망한 목소리로 물었어.

톰 터보는 더 잘 살펴보려고 핸들 머리를 빼서 공중으로 높이 올렸어.

"대장. 사기꾼들이 어디 있는지 알아냈어. 하지만 그들에게 가까이 갈 방법을 찾아내야 해!"

클라로는 톰의 말을 이해하지 못했어. 톰 터보가 다시 안테나 끝에 달린 빨간 구슬로 계곡의 경사진 암벽을 가리켰지.

"저기 봐. 바위에 계단이 나 있잖아. 사다리와 밧줄도 보이고. 하지만 조심해야 해. 무시무시한 동물도 있고, 덫으로 이어지는 계단도 있는 것 같으니까. 계곡 저편으로 건너가는 안전한 길을 찾아보자."

세상에서 가장 멋진 자전거와 클라로는 계곡을 집중해서 보았어. 클라로는 중요한 힌트를 찾을 때마다 톰에게 계속 알렸고, 기적의 자전거는 컴퓨터 모니터에 단 하나의 안전한 경로를 표시했지. 경로 표시는 거의 30분이 지나고서야 완성됐어.

벌써 열두 시야!

컴퓨터 모니터에 표시된 빨간 선은 건너편으로 가는 경로였어. 가느다란 흰 연기는 사기꾼들이 있는 곳을 톰과 클라로에게 알려 주었지. 클라로와 슈퍼 자전거는 곧장 출발했어. 더는 지체할 시간이 없었지.

톰 터보는 강으로 이어지는 돌들을 조심스럽게 덜컹거리며 내려갔어. 톰에게 가장 끔찍한 것은 계단이었지.

"윤활유에 떠 있는 압정보다 계단이 더 소름 끼쳐!"

톰은 비틀비틀 아래로 내려가며 혼잣말로 툴툴거렸어.

톰 터보가 드디어 계곡을 다 내려갔어. 출렁다리에 다다랐지. 톰이 바퀴를 올리자 다리에서 위험하게 삐걱삐걱, 우지직 하는 소리가 났어. 클라로는 자전거에서 내렸어. 둘이 함께 넘어가자니 너무 무거웠거든.

"따로따로 다리를 건너야겠어."

톰의 설명을 들은 클라로부터 균형을 잡으며 건너편으로 향했어. 그런 다음 톰이 그 뒤를 따랐지. 출렁다리는 정신없이 이리저리 흔들렸어.

둘은 도둑들의 야영지에 가까워졌어. 태양이 이제 거의 머리 바로 위에 있었어. 정오라는 뜻이었지. 시간이 촉박했어. 톰 터보와 클라로는 서둘러야 했지.

노란빛이 도는 바윗덩이 뒤에 몸을 숨긴 둘은 사기꾼들을 엿보았어. 원숭이 의상을 벗어 두고 고기를 불에 굽고 있는 모습이 보였지.

"투덜이 부부잖아!"

클라로가 깜짝 놀라며 말했어. '사파리에서 사진 찍기' 행사 내내 계속 투덜거리기만 해, 남매가 붙인 별명이었어.

"잘난 척하는 애들에게 우리 대신 파란 바나나를 가져오게 한 아이디어는 정말 좋았어, 이다."

남편이 아내를 칭찬했어.

"크누트, 천둥 사원에서 도망친 사람은 아직 한 명도 없었어! 그러니 그 아이들도 우리를 고자질할 수 없을 거야."

이다가 만족스러운 얼굴로 킥킥거렸지.

"이웃 마을에서 우리를 기다리는 남자가 있어. 얼른 파란 바나나를 가져다주자. 그러려고 훔친 거잖아."

크누트가 이다에게 이어 말했어.

"돈을 받고 야영장에 돌아가 길을 잃었다고 우기자. 우리가 나쁜 일을 했다는 사실은 아무도 눈치채지 못할 테지!"

"어디로 가야 할지 표시해 둔 지도가 어디 있지?"

이다가 주머니를 뒤지며 투덜거렸어.

크누트는 갈색 봉투에 지도가 들었다는 것만 기억났어.

"지도가 없으면 돌아가는 길을 어떻게 찾아!"

이다가 날카로운 목소리로 툴툴거렸지.

"이제 어떻게 하지? 파란 바나나를 되찾을 방법이 있을까?"

클라로가 톰에게 소곤거렸어.

기적의 자전거가 컴퓨터로 방법을 찾았어.

"집게 팔은 너무 짧아서 바나나에 닿지 않아."

톰이 이어 말했어.

"그렇다고 네가 바나나를 가져오자니 위험하잖아. 저 부부
한테 잡힐 수도 있으니까."

클라로는 흥분해서 아랫입술을 깨물었지.

"톰, 방법이 없단 말은 하지 마. 당장 해결책이 필요해!"

세상에서 가장 멋진 자전거가 대답했어.

"투덜이 부부를 놀라게 해 보자. 그 틈을 타서 파란 바나나
를 훔쳐 달아나는 거야."

좋은 방법이긴 하지만, 어떻게 해야
부부가 놀랄까?

충격 프로펠러

톰 터보의 만능 도구 상자가 열렸어.

"대장, 상자에서 충격 프로펠러와 갈색 봉투를 꺼내."

클라로는 상자를 뒤져서 충격 프로펠러가 올려진 작전용 도구를 찾았지.

자전거가 다급하게 말했어.

"프로펠러를 팽팽하게 돌리고, 봉투에 넣어서 이리 줘!"

클라로가 봉투를 넘겨주자 톰 터보는 진공청소기 주둥이로 정확하게 이다와 크누트 사이로 봉투를 불어 보냈어.

"저게 소용이 있을까?"

클라로가 소곤거렸지.

"대장, 제발 조용히 해! 그리고 꽉 잡아, 곧 출발할 거야."

자전거가 나지막하게 대꾸했어.

"이다, 여기 지도가 있어!"

봉투를 먼저 알아챈 크누트가 웅웅 울리는 목소리로 소리쳤지.

"이게 갑자기 어디서 나왔을까?"

이다가 봉투에 손을 집어넣더니, 갑자기 비명을 질렀어.

53

"사람 살려! 뱀이…… 봉투에 방울뱀이 들어 있어!"

충격 프로펠러가 제 역할을 충실하게 해낸 거야.

톰 터보는 번개처럼 달려가며 집게 팔을 펼쳤어. 크누트의 가방에서 파란 바나나를 낚아채, 먼지구름이 일어날 만큼 날쌔게 몸을 돌렸지.

"이리 내놔!"

크누트가 고함을 지르며 자전거를 쫓아오려 했어. 하지만 아내와 부딪치는 바람에 둘 다 바닥에 거칠게 넘어졌지. 두 사람이 다시 일어섰을 때는 이미 클라로와 톰이 한참 앞서간 후였어.

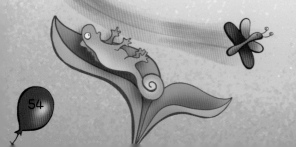

"서둘러, 파란 바나나를 되찾아야지!"

크누트가 숨을 헐떡이며 말했어.

맹렬한 추격전이 시작됐어. 톰 터보는 집게 팔과 바나나를
상자에 집어넣고 최대 속도로 달렸어. 하지만 급경사를 내려
갈 땐 덜컹거리며 천천히 나아갈 수밖에 없었지.

클라로가 어깨 너머로 뒤돌아봤어. 크누트와 이다가 점점 가까워지고 있었어. 크누트는 화가 나서 헉헉거렸고, 이다는 두툼한 몽둥이를 위협적으로 흔들며 협박했지.

"기다려. 잡히기만 하면 강에 사는 악어한테 먹이로 던져 줄 테니까!"

클라로가 절망적인 목소리로 소리쳤어.

"톰! 계곡을 건너도 다시 계단을 올라가야 하잖아. 그러면 분명히 따라잡히고 말 거야. 우린 끝장이라고!"

46~47쪽을 펼쳐 계곡을 살펴보세요.
클라로의 계획은 무엇일까요?
앞을 조심하세요!
톰의 바퀴가 바위 틈에 낄지도
모르니까요.

톰 터보는 슈퍼 컴퓨터로 무진장 빠르게
해결책을 찾고 있었어. 그때 클라로가 외쳤지.
"톰, 좋은 생각이 떠올랐어!"
클라로가 환호성을 울렸어.

"출렁다리를 건너가자!"

클라로가 톰을 이끌었어.

"톰 터보, 작은 톰을 미리 꺼내 뒀다가 건너편에 도착하면 바로 밧줄을 끊어!"

이어 말하곤 자전거에서 뛰어내려 흔들리는 출렁다리를 서둘러 건넜지.

밧줄이 끊어질 듯 소리를 내고, 곰팡이 핀 널빤지가 삐걱거렸어.

"톰, 더 빨리! 서둘러!"

클라로가 소리쳤지만 톰은 더 속도를 낼 수가 없었어. 자전거 무게로 다리는 더 심하게 흔들렸고, 톰은 균형을 잡느라 애먹고 있었지.

톰이 안전한 강변에 막 도착했을 때, 크누트와 이다가 다리에 올라섰어.

"톰, 얼른! 밧줄을 끊으라니까! 뭘 기다리고 있어?"

클라로가 필사적으로 외쳤어.

톰의 컴퓨터는 내리쬐는 햇살과 찌는 듯한 더위로 힘겹게 작동하고 있었지. 고온 아래서 느려지고, 또 느려졌어.

그러는 사이에 이다가 다리 가운데에 도착했어. 크누트는 이다 뒤에 바짝 붙어 따라오면서 온 힘을 다해 난간 밧줄을 움켜쥐었지.

"곧 잡는다! 너흰 절대 도망 못 가!"

이다가 숨을 헉헉대며 말했어.

클라로는 혼자서라도 도망갈까 잠시 고민했지만, 톰만 남겨 두고 갈 수는 없었어. 그래서 마지막 남은 힘을 다해서 톰 터보를 안전한 강변으로 확 잡아당겼지. 두어 걸음만 늦었더라면 사기꾼들이 두 친구를 따라잡았을 거야.

출렁다리는 점점 심하게 삐걱거리면서 채찍에 맞은 듯 연거푸 끼익끼익 소리를 냈어.

이다와 크누트는 비명을 지르며 서로를 붙잡았지. 둘은 동시에 출렁다리를 건너면 안 됐어. 낡은 밧줄이 두 사람의 체중을 견디지 못하고 끊어진 거야. 다리가 강으로 추락했어.

순식간에 사방에서 악어 떼가 달려들었어.

"살려 줘…… . 사람 살려!"

이다가 헐떡거리며 출렁다리를 줄사다리처럼 타고 올라가기 시작했지. 크누트는 겁에 질려 아내한테 꼭 달라붙어 있었어.

굶주린 악어들이 달려들었지만 두 사람에게 닿지는 못했지.

두 사기꾼은 마지막 힘을 다해 강에서 벗어났어. 가쁜 숨을 몰아쉬며 쪼그리고 앉은 곳은 거칠게 흐르는 강의 맞은편이었지. 파란 바나나와는 완전히 멀어졌어.

클라로는 톰의 안장에 뛰어올라 속도를 내기 시작했어. 해가 지고 있었고, 천둥 사원으로 돌아가기로 약속한 시간까지 얼마 남지 않았거든.

마지막 과제

　기적의 자전거는 어마어마한 속도로 원시림을 달렸어. 원숭이 석상 두 개가 나무들 사이로 얼핏 보였지. 하지만 태양은 나무들 뒤편으로 가차 없이 떨어지고 있었어. 마지막 햇살이 잎사귀들 사이로 비추었지.

　톰은 전속력으로 달리며 집게 팔로 파란 바나나를 꺼냈어.

　"대장, 잘하면 부대장을 구할 수 있을지도 몰라! 바나나를 던질 테니까 얼른 내려."

　톰 터보의 말에 클라로는 곧장 안장에서 뛰어내렸지.

　이제 정말 시간이 없었어. 천둥 사원을 뒤흔드는 굉음이 나더니 클라로와 톰의 발밑이 흔들렸어. 금세라도 원숭이 석상에 올려진 거대한 바윗덩이가 카로에게 떨어질 것 같았어.

슈퍼 자전거는 천둥 사원으로 향하는 마지막 구간을 정신 없이 달려, 원숭이 석상 앞에서 미끄러지듯 멈춰 섰어.

"와 줬구나!"

겁에 질린 카로가 가쁜 숨을 몰아쉬었어. 여전히 뱀이 손목을 옥죄고 있어 그 자리에서 꼼짝하지 못했지.

"톰, 얼른 구해 줘!"

톰은 파란 바나나를 공중으로 날렸어. 침팬지 조각상에 곧장 던진 거야. 하지만 제대로 겨냥하지 못해서 바나나는 침팬지 손을 벗어났지.

톰은 급하게 조각상을 돌아가서, 귀중한 바나나가 바닥에 떨어져 산산조각이 나기 전에 겨우 잡아챘어.

태양은 이제 끄트머리 부분만 남아 완전히 사라지기 직전이었어.

"톰! 빨리!"
카로가 울부짖었어.

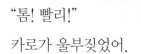

　세상에서 가장 멋진 자전거는
멈춰 서서 목표물을 겨냥하고 다시
던졌지. 바나나는 부메랑처럼 회전
하며 공기를 가르고 날아가……
원래 있던 자리에, 그러니까 침팬지
조각상 손에 정확하게 착륙했어.
그러자 굉음이 순식간에 그쳤지.
두 개의 원숭이상은 미동도 없었고,
거대한 바윗덩이도 제자리에
그대로였어. 카로는 안도의
한숨을 내쉬었어. 곧 손목을
묶었던 뱀도 스르륵
떨어져 나갔지.

금빛 옷을 입은 수호자가 천둥 사원에서 나오더니, 파수꾼들에게 카로를 놓아 주라고 신호를 보냈어. 그러고는 톰 터보 탐정단을 불러 말하기 시작했지. 톰 터보가 통역해 주었어.

"우리 말을 믿지 않았던 것을 사과하고 싶대. 대장과 나에게 파란 바나나를 다시 가져다주어서 고맙다고 인사했고, 파수꾼과 함께 사기꾼을 경찰서로 넘길 거래. 마지막으로 우리에게 감사하는 의미로 선물을 주고 싶대!"

뱀을 걸친 수호자는 허리를 깊숙하게 숙이고 가죽끈에 매달린 자그마한 파란 바나나를 톰 터보에게 내밀었어.

그러고는 핸들에 목걸이를 걸고, 주문을 중얼거렸지.

"이 파란 바나나가 우리에게 행운을 가져다줄 거래."

기적의 자전거가 설명했어.

"야영장으로 무사히 돌아가려면 정말 행운이 필요할 것
같은데!"

클라로가 이어 말했지.

"부모님이 사방으로 우리를 찾고 계실 거야.
파란 바나나의 힘으로 크게 안 혼났으면 좋겠다."

탐정단은 서로를 보며 씩 웃었어.

수수께끼 풀이

46~47쪽 계곡은 위험해. 야생 동물 옆을 지나 사다리를 넘고 다리를 건너면, 강 건너편 언덕으로 이어져. 오른쪽 언덕 위, 사기꾼이 불을 피워 올라오는 연기가 보여.

56~57쪽 클라로는 톰 터보가 출렁다리 밧줄을 톱으로 잘라 내면, 사기꾼이 더는 쫓아오지 못할 것 같대.

글 토마스 브레치나

토마스 브레치나는 빈과 런던을 오가며 살지. 550권이 넘는 책으로 전 세계 어린이와 청소년들에게 감동을 줬어. "독서는 그 자체만으로 모험이어야 한다"는 말은 토마스 브레치나의 좌우명이야.

그림 기니 노이밀러

1966년 빈에서 태어났어. 부모님의 말에 따르면, 태어날 때부터 이미 손에 색연필을 쥐고 있었다고 해. 평생 그림을 그렸지. 처음에는 종이 쪽지, 그 이후에는 노트 가장자리에. 고등학교를 졸업한 뒤 웹 디자이너 교육을 마치고, 90년대부터 그래픽 디자이너, 삽화가, 화가 등 프리랜서로 일했어. 무진장 멋진 자전거 톰 터보가 새로운 모습을 갖추게 해 주었지. 1995년에 결혼했고, 두 아이와 고양이가 있어. 취미는 요리로, 제일 좋아하는 건 '잼 만들기'야.

옮김 전은경

한국에서 역사를, 독일에서 고대 역사와 고전문헌학을 공부했어. 출판사와 박물관에서 일하다가 지금은 독일어 책을 번역하고 있어. 어린이와 청소년 책을 우리말로 옮길 때가 가장 즐겁대. 《커피 우유와 소보로빵》《꿈꾸는 책들의 미로》《인터넷이 끊어진 날》《바이러스 과학 수업》《동물들의 환경 회의》《뜨거운 지구를 구해 줘》《월드 익스프레스》, 《데블 X의 수상한 책》 시리즈, 《고양이 명탐정 윈스턴》《기숙 학교 아이들》《스무디 파라다이스에서 만나》 등을 우리말로 옮겼어. 단어가 막힐 때마다 반려 고양이 '마루'에게 물어봐. 그러니 모든 책이 사실은 공역이지.

톰 터보는 20년 전부터 아주 어려운 사건들을 쫓아다니면서 해결하는 중이야. 지금까지 40권이 넘는 책이 출간되고 400편이 넘는 텔레비전 시리즈가 방영됐지. 이 특별한 자전거는 이제 쉰브룬 동물원에 탐정 사무실도 가지고 있어. 사람들이 톰 터보를 위해 그곳에 윤활유 캔을 전해 주곤 한대.

이 시리즈를 쓴 **토마스 작가님**은 수백만 명의 독자들이 있는 중국에서 '모험의 대가'라고 불려. 작가님에게 <톰 터보> 시리즈에 대해 물어봤어.

 작가님, 톰 터보라는 아이디어는 어떻게 얻었나요?

여덟 살 때 나는 톰 터보 같은 자전거를 갖고 싶었어요. 무전기와 온갖 실용적인 도구들로 내 자전거를 무장했지요. 처음에는 아이들이 사건을 해결하는 범죄 소설을 쓰려고 했어요. 그러다가 내가 꿈꾸던 자전거가 다시 생각났고, 상상력을 발휘해 바퀴 달린 첫 번째 탐정, '톰'을 만들었지요.

 톰 터보라는 이름은 어떻게 생각해 냈어요?

처음에는 톰을 '톰 타이거'라고 부르려고 했어요. 그래서 이 책의 표지에는 호랑이처럼 줄무늬가 있지요. 하지만 이미 톰 타이거라는 이름의 만화 캐릭터가 있다는 말을 듣고서는 톰 터보라는 이름을 번개처럼 떠올렸어요. 이 이름이 훨씬 좋다고 생각했지요. 하지만 호랑이 줄무늬는 그대로 남겨두었습니다.

 톰 터보와 텔레비전에 나오는 소감은 어떤가요?

오랜 세월이 흘렀지만 여전히 모험하는 기분이 들어요. 톰 터보가 달려오고 우리가 함께 카메라 앞에 설 때면 나는 흥분해서 소름이 돋는답니다. 쉰브룬 동물원의 탐정 사무실에 있으면 정말 편안해요. 수많은 어린이 탐정들이 우리 사건을 재미있어 하고, 수수께끼를 알아맞히는 게 좋아요.